I0669106

FLEURS DES PAUVRES.

FLEURS

DES

PAUVRES

PAR

A.-Godefroy HUGON,

Puisse l'aumône de mon intelligence monter
vers Dieu avec la prière des pauvres!

BORDEAUX,

Imp. de Justin DUPUY et Cᵉ, rue Montméjan, 7.

—

1847

A Justin Dupuy.

❊

C'est encore plus à l'Ami qu'à l'Écrivain que je donne ces vers tombés de mon cœur.

PRÉFACE.

L'encens des hommes monte d'ordinaire vers la fortune ;
ces modestes fleurs descendent à la pauvreté, et par elle re-
montent à Dieu. Leur parfum est celui de la charité, seule
muse à qui le cœur du poète ait demandé ses inspirations.
Aimer et calmer la souffrance, lui apporter le baume des
pensées saintes, de la foi consolatrice, voilà l'unique ambi-
tion de ce livre. S'il tarit quelques larmes, s'il adoucit quelques douleurs, s'il relève telle âme, s'il réjouit telle autre,
le poète aura reçu sa meilleure récompense. Quant au succès littéraire, il s'en préoccupe peu ; il aime l'art ; il serait

heureux que cet amour ne fût pas stérile. Mais c'est chose pour lui secondaire : l'amour de l'humanité lui tient bien plus à cœur, et il ose espérer qu'il sera facile de s'en apercevoir aux émotions qui palpitent dans ces pages.

Un succès purement littéraire, quelque retentissant qu'il soit, n'est pas ce qui doit le plus flatter un homme, un poète, je dis plus, un chrétien ; il n'y a que les grands génies qui aient le droit de s'en contenter, parce qu'ils ont reçu la mission de perpétuer et d'étendre la gloire de l'esprit humain.

Mais tout autre écrivain doit, sous peine d'impuissance et d'égoïsme, exiger des conceptions de sa pensée, des créations de sa plume, un concours actif aux bonnes et salutaires choses de son temps.

Aussi, ces *Fleurs des Pauvres*, le poète a voulu les effeuiller autour des berceaux où sommeillent, sous l'aile du dévouement et de la foi, de petits enfants, à qui manquent les bras maternels.

C'est là l'obole que l'auteur apporte à l'œuvre des Crèches, si philanthropique et si populaire.

LAURA.

LAURA.

⊶✕⊷

A Emilie.

—

Meus amor in te solá.
Mihi me ipso charior es.

I.

Souveraine des mers dont le front étincelle
Comme l'or au soleil, ô Venise la belle,
Toi qui parais si grande au sein des horizons,
Toi qui du ciel des nuits contemples les étoiles
Se mirer dans les flots entre les blanches voiles
    Que diamantent leurs rayons;

Et vous, qui possédez ces palais magnifiques,
Aux lambris empourprés, aux sublimes portiques,
Puissants, vous qui coulez des jours calmes et doux,
Restez, restez heureux! Sous mon humble chaumière,
J'ai plus que vos palais, que votre or, je suis père;
      Oui, je suis plus heureux que vous.

Viens donc, viens près de moi, pauvre enfant que j'adore!
Toi seule m'appartiens! Oh! viens plus près encore,
Mon ange bien-aimé, ma Laura, souris-moi;
Souris-moi, ma Laura, ton sourire est ma vie,
Ton regard est mon ciel, ta voix ma poésie;
      Mon Dieu, mon univers, c'est toi.

Ainsi parlait Péblo, vieux pêcheur de Venise,
Assis au bord des flots murmurants sous la brise,
Et son œil plein de joie et d'amour se penchait
Vers une jeune enfant sur ses genoux bercée,
Qui de ses blanches mains tenait sa main pressée
      Et timidement souriait.

Le front de cette enfant était pur et candide,
Ses yeux étaient baissés, sa voix frêle et timide,

De ses beaux cheveux noirs les longs anneaux flottants
Frémissaient en glissant sur ses blanches épaules.
On eût dit les soupirs harmonieux des saules
    Qui gémissent près des torrents.

Les contours gracieux de sa taille élancée,
Comme une faible tige au vent du soir bercée,
S'inclinaient tendrement sur le sein paternel,
Et comme les parfums qui s'exhalent des roses,
Son haleine fuyait de ses lèvres mi-closes,
    Brillant d'un sourire éternel.

Combien Péblo l'aimait! En extase ravie,
Son âme dans ses yeux puisait toute sa vie;
Un regard de Laura consolait ses douleurs :
C'était le don d'amour d'une épouse fidèle,
Le dernier fruit éclos sous l'aile maternelle,
    Le seul débris de tant de fleurs.

C'était l'ange adoré, gardien de sa chaumière,
Sa consolation au sein de la misère.

Souvent il la pressait sur sa poitrine en feu ;
Et quand l'heure venait où près l'âtre on s'assemble,
Près d'un même foyer on les voyait ensemble
    Chaque soir venir prier Dieu.

Qu'elle était bien ainsi ! Laura, la jeune fille,
Que l'on voyait, tantôt, et folâtre et gentille,
Tantôt agenouillée et doucement priant,
On eût dit, à la voir si joyeuse et si belle,
Un ange descendu de la voûte éternelle
    Pour se reposer un instant.

II.

Les brises s'enfuyaient légères et plaintives,
L'Orient étalait ses trésors de rayons ;
De naissantes clartés, en colorant les rives,
Dissipaient les brouillards des sombres horizons.

Les barques des pêcheurs, au sein des mers bercées,

Retentissaient des chants des joyeux matelots;
Puis, les voix expiraient, et les voiles pressées,
Comme un duvet neigeux mollement balancées,
S'effaçaient, se perdaient dans le lointain des flots.

Un seul esquif restait. Sa voile palpitante
Sous la brise arrondie allait fuir loin des yeux
Lorsqu'une faible voix timide et murmurante
Comme un baiser d'adieu d'une bouche mourante,
Au milieu des parfums s'éleva vers les cieux.

Elle disait : Vierge Marie,
Vous qui préservez des malheurs,
Vous qui des vents apaisez la furie,
Protégez les pauvres pêcheurs.

Soyez pour nous le souffle de la voile
Et guidez notre esquif léger;
Soyez pour nous la bonne étoile
Qui brille au milieu du danger.

Vous qui des vents apaisez la furie,
Vous qui préservez des malheurs,
Vierge d'amour, Vierge Marie,
Protégez les pauvres pêcheurs.

Mère ! sauvez-nous de l'orage
Et vers le port conduisez-nous
Aux pieds de votre sainte image
Nous irons prier à genoux.

Vous qui des vents apaisez la furie,
Vous qui préservez des malheurs,
Vierge d'amour, Vierge Marie,
Protégez les pauvres pêcheurs.

L'hymne se tut..... Longtemps de la sainte prière
Les sons harmonieux roulèrent sur les flots;
Longtemps un dernier bruit vibra dans les échos,
Et la plage resta muette et solitaire.

On n'entendait que l'alcyon plaintif,
Qui, lassé d'affronter la vague conjurée,
Effleurait lentement de son aile azurée
Les sillons argentés qu'avait tracé l'esquif.

. . . .

. . . .

. . . .

Quand le jour disparut, à l'heure où la nuit sombre
S'étendait dans les cieux, on entendit frémir
Les chants des matelots qui s'élevaient dans l'ombre,
Et Laura de retour semblait encore gémir :

Vous qui des vents apaisez la furie,
Vous qui préservez des malheurs,
Vierge d'amour, vierge Marie,
Protégez les pauvres pêcheurs.

III.

Le soleil éclatant montait dans les nuages;
Les pêcheurs empressés couraient vers les rivages;
Les voiles se gonflaient aux caprices des airs;
A l'Orient lointain apparaissait Venise,
Venise étincelante, et qui semblait assise
Sur un trône d'azur au sein des vastes mers.

Comme une blanche fleur que les vents ont ployée,
Sur le bras de Péblo faiblement appuyée,
Laura, la pauvre enfant, le cœur rempli d'émoi,
Disait en soupirant : Oh! laisse-moi te suivre :
Désormais, loin de toi, je ne pourrais plus vivre;
Mon ami, mon Péblo, mon père, emmène-moi.

Emmène-moi vers ces plages nouvelles
Où les petits oiseaux cachés parmi les fleurs
Composent leurs doux nids du duvet de leurs ailes:
Là, nous serons peut-être à l'abri des malheurs.

Mais non!.... reste avec moi, mon père! reste encore,
Attends jusqu'à demain le lever de l'aurore.
De noirs pressentimens, vois-tu, me font souffrir :
Elle n'a qu'un appui, ta fille infortunée;
Si tu pars, je serai toujours abandonnée,
Oh! laisse-moi te suivre, ou laisse-moi mourir.

Et Péblo, sous le poids d'une affreuse pensée,
Concentrant les sanglots dans son âme oppressée,
De toute une agonie épuisait les douleurs.
Il pencha vers Laura ses lèvres frémissantes,
Et détournant ses yeux pleins de larmes tremblantes,
Il s'enfuit pour cacher son visage et ses pleurs.

Il s'enfuit..... et loin de la rive
L'esquif, dans son rapide cours,
Disparut..... Attendant toujours,
Toujours délirante et plaintive,
La jeune fille tout en pleurs,
A genoux, près de la madone,
Disait : O Vierge, ô ma patrone,
Prends pitié de mes douleurs !....

IV.

L'autan grondait..... Les cieux se montraient gros d'orages ;
Les flots amoncelés dévorant les rivages,
Roulaient et bondissaient en écumants débris,
Les vents impétueux, le fracas du tonnerre,
Ensemble confondant leur immense colère,
    Hurlaient d'horribles cris.

Les rapides éclairs, en sillonnant les nues,
Embrasaient l'horizon de clartés inconnues ;
De sourds mugissements montaient de toutes parts,
Tandis qu'abandonnée et sur la grève errante,
Une enfant attendait, inquiète et tremblante,
    Promenant au loin ses regards.

Là, ses yeux désolés interrogeant l'espace,
De l'esquif paternel cherchaient en vain la trace ;

Ses longs cheveux épars flottaient au gré des vents.....
Ainsi quand l'ouragan gronde, on voit l'hirondelle
S'arrêter fatiguée et reposer son aile
    Sur les mâts des vaisseaux errants.

Hélas! depuis ce jour sur les sables humides,
Souvent Laura venait porter ses pas timides.
Reviens, Péblo!... reviens! disait-elle tout bas.
Et priant à genoux, elle attendait l'aurore:
Quand l'aurore venait, elle attendait encore :
Elle attendit longtemps..... Péblo ne revint pas.

VIOLETTES.

VIOLETTES.

A Marthe.

—

> Ma fille, sois comme elles.

Pauvres petites fleurs si pures, si timides,
Que les soleils naissans verront épanouir,
Vous glissez humblement sous les herbes humides
Vos calices prêts à s'ouvrir.

2

Dans les sentiers déserts qui vont en pente douce,
Aux solitaires bords des ruisseaux murmurants,
Vous aimez à cacher, ainsi que sous la mousse,
    Vos beaux pétales odorants.

Vous dormez à l'abri de nos vieilles murailles,
Où le lierre suspend ses longs rameaux en deuil,
Près de ces murs noircis au souffle des batailles,
    Et vous parfumez leur orgueil.

Aussi l'humilité près de vous s'est posée :
Cet ange aimé de Dieu semble vous caresser;
Le ciel verse sur vous sa première rosée,
    Le soleil son premier baiser.

LE VŒU DE LA JEUNE MÈRE.

LE VŒU DE LA JEUNE MÈRE.

⚬⟨⟩⚬

A Emmanuel.

—

Dors, ô mon bien-aimé, dors! La nuit est si pure!
Que nul rêve d'effroi n'entoure ton berceau!
Regardez ses longs cils, sa noire chevelure;
    Oh! mon Dieu! que son front est beau!

Voyez-le s'agiter et secouer ses langes
Pour joindre doucement ses deux petites mains.
Oh! regardez! il prie..... Il prie avec les anges
    Et les radieux séraphins.

Car il est descendu de la voûte éternelle
Pour porter à mon âme un sourire d'espoir.
Oui, je l'ai vu descendre, appuyant sa jeune aile
    Sur les rayons tremblants du soir.

Je l'ai vu dans les cieux, lorsque, priant la Vierge,
J'allais à son autel, en mes jours de douleurs,
De ma timide main allumer l'humble cierge,
    Et lui livrer mon âme en pleurs.

Elle me l'a donné pour calmer ma souffrance;
Elle me l'a donné pour toujours, tout à moi :
O Vierge! ô souveraine, ô ma seule espérance,
    Je le consacre tout à toi!

VIERGE ET LYS.

VIERGE ET LYS.

A Jean Oulés.

O mes lys ! vous êtes aussi purs que les vierges.

·Sous la brise du soir frémissait la feuillée.
Aux pieds de la madone, au fond d'une vallée
Que les derniers rayons du soleil coloraient,
On entendait souvent de douces voix plaintives
Comme le bruit des eaux qui caressent leurs rives :
    C'étaient des mères qui priaient.

C'étaient aussi de jeunes filles,
Naguère folles et gentilles,
Dansant sous les arbres fleuris
Qui maintenant toutes émues
Pour prier étaient accourues,
En oubliant danses et ris.

Car l'Angélus, à la voix sainte,
Lentement prolongeant sa plainte,
Montait doucement vers les cieux.
C'était l'heure où, dans la nature,
Tout ce qui chante et qui murmure
Exhale un hymne harmonieux.

Mais la cloche se tut..... Dans l'ombre,
A travers le feuillage sombre,
L'essaim nombreux prit son essor,
Tandis qu'une enfant désolée,
Près de la madone isolée,
Resta seule, priant encor.

On eût dit un roseau qui penche.
De sa légère robe blanche

La brise agitait les longs plis;
Sa main délicate et mignonne
Offrait à sa sainte patrone
Une tige de fleurs de lys.

Reçois ces lys, ô **Notre-Dame**!
Disait-elle; car je réclame
Ton appui, ton puissant secours.
Accueille mon timide hommage,
Aux pieds de ta divine image
Je viendrai prier tous les jours.

Vois, au fond de notre demeure,
Mon frère qui languit et pleure.
Ne le laisse donc plus souffrir!
Il me semble entendre sa plainte!....
Sa voix si douce est presque éteinte.....
O mon Dieu, s'il allait mourir!....

S'il allait mourir..... ô ma mère,
Ecoute, exauce ma prière,

Daigne prendre pitié de moi !
Vierge, ma sainte protectrice,
O vierge ! ma consolatrice,
Je m'abandonne tout à toi.

Lors, la Vierge Marie,
Doucement attendrie,
S'inclina tendrement,
Et reçut fleur nouvelle
Que chaste jouvencelle
Offrait timidement.

On redit même encore
Qu'à la naissante aurore
L'enfant si gracieux,
Dégagé de souffrance,
Vint prier en silence
Souveraine des cieux.

LE PRINTEMPS.

LE PRINTEMPS.

◦◁⊠▷◦

A mon ami Ch. Caterrade.

—

Que j'aime le printemps ! avec l'aube naissante
Qui monte dans le ciel belle et resplendissante,
Mêlant la pourpre et l'or à ses rayons de feux !
Avec ses prés fleuris, ses fraîches matinées,
Ses oiseaux gazouillans, ses brises parfumées,
    Et ses soleils joyeux !

Que j'aime le printemps, quand les feuilles frémissent,
Quand les faibles roseaux s'inclinent et gémissent,
Mêlant un bruit plaintif au bruit des tièdes eaux!
Quand on voit accourir les jeunes hirondelles
Se jouant près du ciel, effleurant de leurs ailes
   Les rides des ruisseaux!

Que j'aime le printemps! Le printemps, c'est la vie,
C'est l'hymne du bonheur, le chant de poésie,
Le rayon caressant qui vient porter l'espoir;
C'est l'odorant parfum des roses effeuillées;
C'est le frémissement des saules des vallées
   Tremblant aux vents du soir!

Que j'aime le printemps! quand les blanches étoiles,
Du ciel profond des nuits perçant les légers voiles,
Vers nous, avec amour, penchent leurs rayons d'or.
En des songes heureux alors l'âme est ravie,
Et le cœur plein d'espoir, d'amour, de poésie,
   Vers Dieu prend son essor.

L'ORPHELINE

AU TOMBEAU DE SA MÈRE.

L'ORPHELINE AU TOMBEAU DE SA MÈRE.

Ils m'avaient envoyé dans la forêt lointaine ;
Ils m'avaient dit : Là-bas tu cueilleras des fruits ;
Là, le vent d'Orient berce de son haleine
La perle suspendue à la tige incertaine,
Comme l'étoile d'or qui tremble au ciel des nuits.

Et je n'ai pas cueilli les fruits de la vallée,
Ni cherché la rosée aux calices des fleurs;
J'ai gravi la colline, errante et désolée :
    Là , je me suis agenouillée
  Sur une tombe, et j'ai versé des pleurs.

Et ma mère m'a dit : Qui vient sur la colline?
Qui vient? qui vient là-haut? C'est moi, pauvre orpheline ;
    Je reviens près de toi.....
Oh! qui pleure pour moi? Que sa voix me réponde!
C'est moi, moi, ton enfant, isolée en ce monde;
    Oui, ma mère, c'est moi!....

Mère, qui maintenant viendra presser les tresses
De mes longs cheveux noirs? Qui de douces caresses
Et de baisers d'amour inondera mon front?
Qui serrera mes mains de sa main frémissante?
    Qui me rendra ma mère absente?
    Qui, comme toi, dira mon nom?

O ma fille! reviens, reviens à ta chaumière !
Plus heureuse que moi, tu verras l'étrangère

De ses mains essuyer tes pleurs.
Un jeune époux viendra t'adresser sa parole,
Et penchant sur ton front le regard qui console,
Il adoucira tes douleurs. ·

L'HIRONDELLE.

L'HIRONDELLE.

Le soleil dore le nuage,
Les parfums montent vers les cieux,
Le jeune oiseau sous le feuillage
Redit son chant mélodieux;

Et comme un léger bruit de lyre,
La brise du matin soupire
En glissant parmi les roseaux;
L'étrangère et brune hirondelle
Effleure du bout de son aile
L'onde tremblante des ruisseaux.

Dis-nous, toi, qui reviens encore,
Es-tu la fille des déserts?
Un rayon te fit-il éclore
Sur un rocher battu des mers?
Au sein de l'affreuse tourmente,
Quand grondait la vague écumante,
Pour t'abriter contre les vents,
T'a-t-on vue, ô mon hirondelle,
Fatiguée, arrêter ton aile
Sur les mâts des vaisseaux errants?

Loin des rives de notre France,
Où languissent tant d'exilés,
As-tu porté quelque espérance,
Et dit qu'à leurs toits désolés,
Sous les feux de l'aube naissante,
Tu venais, toute palpitante,

Suspendre ton nid; qu'au retour,
Comme une souvenance douce,
Tu porterais un brin de mousse,
Pris à ces toits, leur seul amour?

Oh! s'il en est ainsi, viens vite,
Oiseau du ciel, viens près de moi;
Sur la fenêtre où je t'invite,
J'ai mis un peu de pain pour toi.
Ne crains pas, pauvre messagère,
Que ma main froide et meurtrière
Te ravisse la liberté.
Mange ce pain : c'est mon aumône;
C'est de bon cœur que je la donne,
Ainsi que l'hospitalité.

A UN ENFANT.

A UN ENFANT.

La vie, enfant, pour toi n'est pas encore amère ;
La douleur ne vient pas rider ton jeune front :
Tu te souviens encor des chansons que ta mère,
Auprès de ton berceau, chantait, heureuse et fière,
    Comme les bonnes mères font.....

Tu resplendis aussi de cette enfance douce,
Si pleine de parfums et de vive clarté;
Ton âme, ainsi que l'onde, en roulant sur la mousse,
Glisse tout lentement, sans bruit et sans secousse,
    Fraîche de sa virginité!

Enfant, garde longtemps le trésor qu'en ton âme
Le bon Dieu déposa pour enrichir tes jours!
Garde, garde, entretiens sa tendre et vive flamme;
Et plus tard, mon enfant, si quelqu'un le réclame,
    Montre-le partout et toujours!

Rappelle-toi surtout qu'en ces temps où nous sommes,
Il faut aimer le bien, aimer la probité;
Rappelle-toi que Dieu ne compte pas les sommes
Que possède le riche..... et qu'il compte les hommes
    Qui sont grands par leur charité!

Oh! que la charité soit toute ta pensée!
La charité, vois-tu, c'est l'onde, c'est le miel,
Le miel pour adoucir une lèvre épuisée;
Pour la fleur qui s'incline, enfant, c'est la rosée
    Que le bon Dieu verse du ciel!

L'ANGE DES FLEURS.

L'ANGE DES FLEURS.

⚬✕⚬

A mon ami Godart.

—

Mon ange, ayez pitié de moi!....

L'air était pur et chaud, la lumière était douce,
L'horizon scintillait des feux de l'Orient.
Et l'onde murmurante, en roulant sur la mousse,
　　Semblait gémir plus doucement.

La brise du matin caressait la vallée,
Pressant de ses baisers les rides des ruisseaux;
Le jeune oiseau chantait sous la jeune feuillée,
Mêlant son chant joyeux au léger bruit des eaux.

J'écoutais une voix harmonieuse et pure :
Un ange venu près de moi
Disait : « Sois heureux! la nature
Est tout entière à toi. »

Ainsi que les rameaux des saules,
Flottaient sur ses blanches épaules
De longs cheveux qu'on eût dit d'or.
Sa lèvre rose était rieuse,
Sa voix douce et mélodieuse,
Et son regard plus doux encor.

Sa main pressa ma main tremblante;
Sur mon front il pencha ses yeux.
J'entendis le doux bruit de sa voix murmurante
Comme un soupir qui monte aux cieux.

Elle disait : Pauvre enfant! sur la terre,
Pourquoi cherches-tu le bonheur?
Au torrent de la vie où tout n'est que douleur,
Tu ne trouveras pas l'onde qui désaltère.

Comme toi j'ai cherché souvent
L'oubli du mal à la source de vie;
Ne le cherche plus, jeune enfant :
Ce n'est qu'au sein de Dieu que le malheur s'oublie.

Vois-tu, je suis heureux; je chante dans le ciel :
Des anges du Seigneur j'habite la demeure.
Là, nul ne souffre, nul ne pleure;
Là, toutes les fleurs ont du miel.
Quittant les voûtes éternelles,
Quelquefois, aux heures du soir,
Je viens, pour reposer mes ailes,
Près du nid des oiseaux tout doucement m'asseoir.

Et quand la nuit étend ses voiles
Sur tous les lointains horizons,
En me reconnaissant, les tremblantes étoiles
Penchent vers moi tous leurs rayons.

Là, je m'endors, et j'attends que l'aurore
De son premier regard illumine le ciel;
Sur la fleur qu'un baiser du matin fit éclore,
    Alors je vais puiser le miel.

Je cherche avec amour la goutte de rosée
    Toute humide, tremblante encor
    Comme une perle déposée
    Sur le calice aux longs cils d'or;
    Et cette goutte la plus pure,
    Et ce miel le plus parfumé,
    C'est un tribut de la nature
    Que j'apporte à mon bien-aimé.

IL FAUT PRIER POUR LES MORTS

IL FAUT PRIER POUR LES MORTS.

Près d'un pauvre foyer, au fond d'une chaumière
Que le soleil dorait de ses rayons mourants,
    Un vieillard sous le poids des ans
    Disait à de petits enfants :
    Voici l'heure de la prière,

Enfants, il faut s'agenouiller :
> Entendez-vous la plainte
> De la cloche qui tinte,
> Disant d'une voix sainte,
> Il faut prier !....

Et tous écoutaient sans effroi
Se mêler la brise incertaine
Au bruit de la cloche lointaine,
Qui, comme une âme dans la peine,
Semblait gémir · Priez pour moi !

Et le vieillard, roulant des pleurs sous sa paupière,
Leur dit : Voici deux ans que mourut votre père !....
Mon fils, mon seul espoir, l'appui de mes vieux jours.
Et depuis, votre mère à l'âme inconsolée,
> Pour le rejoindre..... au ciel s'est envolée :
> Ils vous ont quitté pour toujours.

Resté seul avec vous..... avec vous je partage
> Le peu qui me reste de pain :
> Oh ! que n'en ai-je davantage,
> Pauvres enfants ! car si demain

Près de lui le bon Dieu m'appelle,
Qui vous protégera?.... Enfants, prions plus fort!
Dieu qui contre les vents garde la fleur nouvelle,
Qui veille sur le nid de la jeune hirondelle,
Viendra vous protéger encor.

MÉDITATION.

MÉDITATION.

Credo.

D'un jour pur et serein voici l'heure dernière.
Le ciel est empourpré de nuages errants;
Le soleil doucement caresse la bruyère
    De ses rayons mourants.

Et la brise du soir, comme un souffle d'automne,
Comme un soupir d'adieu passe languissamment,
Jetant dans les longs pins sa plainte monotone
    Et son gémissement.

Du ruisseau qui s'enfuit je m'assieds sur la rive ;
Un amer souvenir réveille mes douleurs ;
Je souffre..... je tressaille au bruit de l'eau plaintive,
    Et je verse des pleurs.

Et mon esprit se perd dans une heure infinie
Qui commence, qui fuit, pour ne plus s'achever.....
De la terre et du ciel j'écoute l'harmonie ;
    Je me prends à rêver.

Et je rêve ; et mon âme alors se sent revivre ;
Au monde, à l'univers elle jette un adieu ;
Elle va dans un ciel où nul ne peut la suivre :
    Elle va vers son Dieu.

Oui, permets un moment que vers toi je m'élance,
Dieu bon, Dieu saint, Dieu grand, être consolateur !
Toi seul es le rayon qui porte l'espérance,
    Toi seul es le bonheur !

Quittez donc un moment les voûtes éternelles,
Bienheureux séraphins ; descendez du saint lieu,
Descendez près de moi; portez-moi sur vos ailes :
    Je veux aller à Dieu.

Oh! dois-je regretter et le monde et la terre?
Dois-je, les yeux en pleurs, rêver de l'avenir?
Quand pour moi le passé n'est qu'une ombre légère,
    Sans nom, sans souvenir.....

Quand au sein des douleurs s'écoulent mes années,
Comme le vent du soir qui meurt dans les roseaux,
Comme les fleurs des champs, qui passent entraînées
    Par le courant des eaux.

Mon Dieu! si je ne dois mourir dès mon aurore,
Si le temps de l'exil ne doit bientôt finir,
J'emploirai tous les jours qui me restent encore
    A t'aimer, te bénir.

Je chanterai ton nom aux hommes qui blasphèment;
Oui, je dirai ce nom qu'ils n'osent pas nommer,
Car mon âme est à toi; si ces hommes ne t'aiment,
    Seul, moi je veux t'aimer.

L'oiseau chante et se plaît à l'ombre des bocages,

Le papillon se joue aux doux rayons du jour,

Alcyon s'abandonne au souffle des orages....

    Je m'abandonne à ton amour.

LA PLAINTE DE L'EXILÉ.

LA PLAINTE DE L'EXILÉ.

⟡

Salve !.... Mater, salve.....................
Ad te clamamus, ad te suspiramus, exules filii.

Oh! que la vie est douce au lieu qui nous vit naître!
   Que le toit de famille est beau!
Combien on aime à voir suspendre à la fenêtre
Le nid d'un pauvre oiseau, que l'ouragan peut-être
   A chassé loin de son berceau!

Mais loin du ciel natal que la vie est amère !

Que l'on aime à se souvenir

Du foyer délaissé, des baisers qu'une mère,

Qu'un aïeul vous donnait, pour remplacer un père,

En vous inondant d'avenir !

Non ! loin de la patrie il n'est pas d'existence ;

Le soleil est faible et mourant.

Là-bas on vit heureux..... ici dans la souffrance ;

Là-bas le cœur espère..... ici plus d'espérance.....

Et l'homme vit en espérant.

Ciel, soleil, souvenirs du pays que j'adore,

Et que protégèrent les cieux,

Rêves de mon berceau, rayons de mon aurore,

Venez me consoler ; oui, revenez encore

Au nom du sang de mes aïeux.

LE JEUNE ENFANT.

LE JEUNE ENFANT.

◦⟨✦⟩◦

A mon ami Marchandon.

—

Lorsque la blanche marguerite
S'épanouit gentillement,
Qui court pour la cueillir plus vite?
Le jeune enfant.

Sur l'aubépine déposée,
Brillante comme un diamant,
Qui vient secouer la rosée?
    Le jeune enfant.

Qui poursuit dans sa course errante
L'or du beau papillon fuyant?
Qui se trompe dans son attente?
    Le jeune enfant.

Quand l'onde claire et fugitive
Sur les cailloux vient caquettant,
Qui s'amuse au bord de la rive?
    Le jeune enfant.

Qui vient, quand les fleurs sont écloses,
Effeuiller en les caressant
Les pétales des blanches roses?
    Le jeune enfant.

Qui vient avec un frais sourire,
Consoler en nous embrassant,
Quand l'amer chagrin nous déchire?
Le jeune enfant.

Lorsque la plainte endolorie
Vers les cieux s'en va murmurant,
Qui fait croire *à l'autre patrie?*
Le jeune enfant.

Aussi, sur son aile légère,
Un ange, la nuit, bien souvent,
Vient porter à la pauvre mère
Son pauvre enfant.

L'IMMORTALITÉ.

L'IMMORTALITÉ.

A M. Auguste Nicolas.

—

> Si la prière est la respiration de l'âme,
> comme l'a dit Mme de Staël, je crois que
> l'espérance est sa vie.

I.

O toi! toi que j'invoque avec le doux nom d'ange,
Qui me fais mépriser et le monde et sa fange,

Toi dont le front si pur, radieux de beauté,
Illumine les cieux de clartés éternelles,
Oh! descends..... Près de moi, viens reposer tes ailes,
    Vierge de l'immortalité.....

Viens! j'ai besoin d'espoir! Viens agrandir mon âme,
Consolatrice! Viens caresser de ta flamme
Mon cœur qui s'attiédit, par le doute attristé;
Épanche, épanche en moi ta croyance divine!
Que chaque vent du ciel apporte à ma poitrine
    Le souffle de ta pureté!

II.

Combien de fois, le soir, au bord d'un frais rivage,
J'effeuillais sous mes doigts l'églantine sauvage :
Au courant du ruisseau, je livrais en rêvant
Les pétales pourprés de la fraîche corolle.
La fleur s'enfuit, disais-je, et notre âme s'envole!....
    S'en vont-elles dans le néant?

Je songeais au néant..... Et la fleur embaumée
Par les brises du soir, de sa corolle aimée,
M'envoyait les parfums comme un dernier adieu.....
Quelques larmes alors humectaient ma paupière ;
De mon cœur s'élevait une tendre prière,
      Et je sentais que j'aimais Dieu.

    Je sentais qu'après cette vie,
    Moi, pauvre passager d'un jour,
    Je verrais une autre patrie
    Où je retrouverais l'amour,
    Et le sourire, et la caresse
    De l'enfant pris à ma tendresse,
    Par Dieu, qui voulut m'éprouver.
    Mes larmes amères, brûlantes,
    Me semblaient douces, consolantes :
    J'étais sûr de le retrouver......

    Oui, je ressentais en mon âme,
    Naguère pleine de douleur,
    Se glisser une vive flamme,
    Flamme céleste du bonheur.
    La naïve et sainte espérance,
    Phare éternel que Dieu balance

6

Pour guider l'homme naufragé,
L'espérance, splendide et pure,
Portait un baume à la blessure
De mon pauvre cœur affligé.

III.

Mais quelles voûtes éternelles
Vont étinceler à mes yeux?
O Vierge! est-ce toi qui m'appelles
Dans l'espace éclatant des cieux?
Est-ce toi qui daignes sourire
Aux faibles soupirs de ma lyre?
Viens-tu, t'abaissant près de moi,
Me ranimer par ta parole?
Oh! Vierge, accours, viens, viens, console
Mon cœur qui s'abandonne à toi.

Descends, descends plus près encore,
Étoile de beauté, d'amour,
Toi dont le chaste front se dore
De rayons plus beaux que le jour?

Mon âme souffre solitaire !

Arrache-moi de cette terre ;

Ses fleurs, hélas ! n'ont plus de miel.

Souris à mes lèvres mourantes,

Et, sur tes ailes frémissantes,

Laisse-moi m'en aller au ciel.....

PLUS DE CHANTS!

PLUS DE CHANTS!

A mon ami J. Saint-Rieul-Dupouy.

—

Souvent quand l'onde murmurante
Mêle un bruit au bruit des roseaux,
Un pauvre oiseau, l'aile tremblante,
Se cache près des fleurs des eaux.

Son chant languissamment expire,
Comme un harmonieux soupir,
Comme un son prolongé de lyre;
Car le pauvre oiseau va mourir!

Il va mourir près de la rive,
Témoin de ses douces amours,
Où naguère sa voix plaintive
Saluait les premiers beaux jours,
La fleur nouvellement éclose,
Dans sa corolle de saphir
Attend qu'il vienne et se repose.....
Mais le pauvre oiseau va mourir!....

Sous la branche en fleurs abaissée,
Près de son nid tout tiède encor,
En attendant que sa couvée
Ouvre au soleil ses ailes d'or,
Le pauvre oiseau gémit encore,
Sa plainte est un long souvenir.
Il ne reverra plus l'aurore,
Avant l'aurore il doit mourir!....

Il ne boira plus la rosée
Aux resplendissantes couleurs,
Par l'ange des nuits déposée,
Comme des perles sur les fleurs.
On n'entendra sous la feuillée
Plus de joyeux chants retentir.....
Longtemps se taira la vallée,
Le pauvre oiseau vient de mourir!....

SENSITIVE.

SENSITIVE.

⋙✦⋘

A mon ami C. Buisson, docteur médecin.

—

O ma fleur! ma fleur adorée,
Pure comme un rayon du jour,
Comme une humble vierge éplorée,
Je t'aime de tout mon amour.

Pourquoi, lorsque mon doigt te touche,
Trembles-tu? Te fais-je souffrir?
Le souffle exhalé de ma bouche
Pourrait-il te faire mourir?

Tu crains la brise qui balance
Ta tige au calice vermeil,
Et t'épanouis en silence
Sous les chauds rayons du soleil.

Quand la nuit, de sa tiède haleine
Vient humecter le sein des fleurs,
On te voit, comme une âme en peine,
Concentrer toutes tes douleurs.

Et quand la pourpre de l'aurore
S'épanche en torrents dans les cieux,
Tu sembles palpiter encore
Sous des soupirs harmonieux.

Dis-moi, serais-tu, fleur timide,
Ainsi qu'un bon ange gardien,
Qui s'enfuit, le regard humide,
Lorsque nous ne faisons pas bien?

Dans ces temps mauvais où nous sommes,
Dans ce siècle impur et méchant,
Nous dirais-tu de fuir les hommes
Qui flétrissent en nous touchant?

O ma pauvre fleur adorée,
Belle comme un rayon du jour,
Comme une humble vierge éplorée,
Je t'aime de tout mon amour.

SOUVENIR.

SOUVENIR.

O pauvre et douce messagère !
Mon hirondelle, pars ce soir ;
Vole, vole, toi si légère :
Porte sur la rive étrangère
Et mon amour et mon espoir.

Ne repose tes jeunes ailes
Qu'aux bords des chaumes désolés,
Qu'aux débris des vieilles tourelles
Où furent des amants fidèles,
Où s'assirent des exilés.

Et si, dans ta course lointaine,
Ton aile vient à s'abaisser,
Descends sur la tige incertaine ;
Aux souffles d'une fraîche haleine
Laisse-toi mollement bercer.

Abrite-toi dans la corolle
Des magnolias odorants :
On dit que leur parfum console,
Et qu'alors la peine s'envole
Comme la feuille au gré des vents.

Puis, quant au ciel l'aube naissante,
Lentement viendra resplendir,
Alors, d'une aile frémissante,
Cours, et fidèle et palpitante,
Cours apporter mon souvenir.

A M. DE KONTSKI.

A. M. DE KONTSKI.

Je n'ai pas entendu votre archet tendre et frêle
Frissonner sous vos doigts un hymne de douleur.
Je n'ai pas entendu le chant que l'hirondelle
Exhale en son malheur.

Je n'ai pas entendu le bruit de *vos cascades*
Tombant et ruisselant parmi les frais cailloux.
Je n'ai pas entendu vos vives sérénades
    Sous le ciel andaloux.

Je n'ai rien entendu! Mais j'ai compris votre âme,
Alors qu'elle venait, pleine de charité,
Pleine de doux rayons et d'énergique flamme,
    Implorer pour la pauvreté!....

Oh! vous avez bien fait!.... Que votre âme joyeuse
Tressaille doucement! Qu'au fond de votre cœur
Retentisse la voix tendre et mélodieuse
    De la charité, votre sœur.....

ESPÉRANCES.

ESPÉRANCES.

⬖

A mon ami Bénigne Huvet.

—

Souvent la nuit, sur la colline,
Un bel enfant, doux pâtre errant,
Connaît que l'étoile s'incline
Languissamment vers l'Occident.

Alors, en attendant l'aurore
Qui sur son sommeil brillera,
Il s'endort murmurant encore :
    Le jour viendra.

Souvent aussi, seule et plaintive,
La jeune fille tout en pleurs
Vient s'asseoir au bord de la rive,
Exhalant de chastes douleurs.
Qu'attends-tu, jeune fille errante?
Qui de nous te consolera?
Et l'enfant, d'une voix tremblante,
    Dit : Il viendra.

Sur le rivage solitaire
Où grondent les flots dévorants,
Combien de fois la pauvre mère
S'agenouille, les yeux pleurants,
Le cœur plein, l'âme palpitante,
Cherchant la voile qui luira!
Que dit-elle pendant l'attente?
    Il reviendra.

La nef, sur les flots balancée,
De la brise attend le retour;
La fleur naissante, la rosée
Et les premiers rayons du jour.
La douce et tendre tourterelle
Au déclin du soir gémira,
Appelant un amant fidèle
    Qui reviendra.

Et du poète solitaire
Vivant loin du monde méchant,
Lorsque le cœur lui dit : Espère!
On voudrait étouffer le chant.....
Brisez son luth, son interprète;
Mais une corde y restera
Toujours vibrante, et le poète
    Espérera.

FRÈRE ET SOEUR.

FRÈRE ET SŒUR.

A mon ami Hippolyte Duluc.

—

Ma sœur, viens avec moi! Vois-tu tomber la neige?
Elle a déjà blanchi les cimes des grands monts.
Nous sommes orphelins, et nul ne nous protége :
    Chère petite sœur, partons!

8

C'est un pressentiment que le bon Dieu m'envoie.
Pourquoi pleurer ainsi, pauvre!.... ne pleure plus!
Tes regrets, tes chagrins deviendraient superflus :
    Ailleurs nous trouverons la joie.

Nous nous rappellerons notre foyer absent,
Et la douce chanson et la sainte prière
Qu'autrefois, chaque soir, nous disait notre mère,
Lorsqu'elle nous berçait, tout en nous caressant.

Ainsi parlait l'enfant, pour bannir les alarmes
De sa sœur qui suivait, disant son chapelet,
Et qui, les yeux baissés et tout remplis de larmes,
Regrettait sa chaumière, et son pain, et son lait.

Et la voix de la sœur, gémissante et plaintive
Comme un bruit d'eau qui coule en caressant la rive,
Murmura doucement : Hélas! pourquoi partir,
Nous, enfants délaissés?.... Sur des plages nouvelles,
Trouverons-nous un toit comme les hirondelles?
Oh! non, près du berceau je préfère mourir.....

Et déjà roulait l'avalanche,
Dispersant son écume blanche
En jetant des cris déchirants;
Aux cieux couraient de noirs nuages;
Au lointain grondaient les orages
Et les flots des vastes torrents.

Les pauvres enfants, pleins de crainte,
Furent vers la madone sainte;
Et, la suppliant à genoux,
Disaient : Bonne Vierge Marie!
Des cieux apaisez la furie;
Notre mère! protégez-nous!

Mais plus fort roulait l'avalanche;
Son écume rapide et blanche
S'abîmait sous l'effort des vents.
Les flots dévoraient leurs rivages,
Mêlant aux fracas des orages
D'horribles et longs hurlements.

Et les enfants, les yeux humides,
Contemplaient les neiges rapides

Crouler et bondir en fureur,
Et leurs bras, d'une chaste étreinte,
Enlaçaient la madone sainte
Consolatrice du malheur.

Et l'ouragan se tut, et la voix des orages
Se perdit murmurante avec les bruits lointains.
Un hymne harmonieux, vibrant dans les nuages,
Se mêla dans le ciel aux chants des séraphins.

L'hymne disait : Vierge Marie!
Vos enfans prient à genoux!
Des cieux apaisez la furie :
Notre mère! protégez-nous!

ADIEUX.

ADIEUX.

A mon ami Léonce Lecoutre de Beauvais.

—

Lorsque le jour s'abaisse et que sur la colline
On voit le voyageur fatigué qui chemine,
On l'invite à s'asseoir au foyer protecteur.
Sa place est la première au banquet de famille ;
Et souvent il advient que douce jeune fille
A son front chaste et pur sent monter la rougeur.

Et si ce voyageur, que notre cœur réclame,
Epanche en nous parlant les trésors de son âme;
Si vers nous son regard s'abaisse avec bonté;
Si sa main frémissante à notre main s'enchaîne;
S'il nous dit sa douleur et nous conte sa peine,
Nous voudrions toujours rester à son côté!

Lorsque les longs troupeaux s'élancent dans la plaine
Aux naissantes clartés de l'aurore lointaine
Qui verse lentement des flots de pourpre et d'or,
Avec le voyageur nous montons la colline;
Notre cœur dit adieu, notre regard s'incline,
Et de loin, de bien loin, nous le cherchons encor.

Pourquoi donc quitter nos rivages,
Léonce, que nous aimons tant?
Pourquoi t'enfuir vers d'autres plages
Aux jours les plus beaux du printemps?
L'oiseau, sur le bord de la rive,
Dit la chanson tendre et plaintive
Qu'il mêle au murmure des eaux;
Comme un faible chant, murmurante,
La brise s'enfuit soupirante,
Inclinant ces jeunes roseaux.

Vois-tu, dans les champs de l'espace,
Resplendir l'immense horizon?
Et sous cette brise qui passe,
S'incliner la blonde moisson?
Sur les fleurs fraîchement écloses,
Aux calices dorés des roses
L'abeille butine son miel.
Entends-tu ces voix infinies,
Pleines de saintes harmonies,
Monter lentement vers le ciel?

Oh! vois ce ciel de la patrie!
Vois ce soleil si vaste et beau;
C'est lui qui réchauffa ta vie
Et qui caressa ton berceau.
Ici les jours de ton enfance,
Au sein du calme et du silence,
Furent bercés de rêves d'or.
Pourquoi donc quittes-tu ta mère?
Sa douleur sera bien amère!!
Pour elle et pour nous reste encor!

Reste encor, ami..... Mais l'espace
Déjà te sépare de nous.
Oh! que ces mots que ma main trace,
Que ces mots à ton cœur soient doux!

Léonce, garde souvenance
Des amis auxquels ton absence
Laisse des regrets douloureux !
Que ton âme si bonne et pure
Trouve un baume pour sa blessure,
Quand tu croiras être auprès d'eux !

Mais surtout garde l'espérance,
Cette vierge, sœur de la foi !
Cet ange aux heures de souffrance
Veillera toujours près de toi.
Et si les chagrins, les alarmes,
De tes yeux font couler les larmes,
En attristant ton pauvre cœur,
Si ta douleur devient cruelle,
Songe qu'un ami bien fidèle
Sentira la même douleur !

LA TOURTERELLE ET L'EXILÉ.

LA TOURTERELLE ET L'EXILÉ.

Douce et gentille tourterelle
Qui vas t'enfuir vers d'autres cieux,
Vas-tu reposer ta jeune aile
Sous un toit pauvre et malheureux?

Vas-tu, prompte comme la brise,
Chercher sur la tige promise
La fleur qui nous consolera?
Ton retour, chaste messagère,
Nous dira-t-il : « Espère! espère!
Le pauvre exilé reviendra. »

O pars vite!.... Pars! la nuit tombe
Et le ciel semble s'obscurcir;
Pars, petite et pure colombe!
Que de maux tu vas adoucir!
Vole vers la terre étrangère,
O toute sainte messagère,
Et quand l'orage grondera,
Souviens-toi qu'ici, dès l'aurore,
Et le soir nous dirons encore :
« La tourterelle reviendra! »

Est-ce l'ouragan qui s'apprête,
O brune fille des déserts?....
La foudre au sein de la tempête
Rugit dans les cieux entr'ouverts.

Que vas-tu devenir, errante,
Livrée à la vague écumante?
Mon Dieu! qui te protégera?
Mais une douce voix m'appelle,
Et dit « qu'avec la tourterelle
Le pauvre exilé reviendra. »

Cette voix, qui m'est inconnue,
Vibre d'harmonieux accents.
Est-ce un bruit tombé de la nue,
Un prélude de joyeux chants?
Est-ce un rayon qui, dans mon âme,
Verse sa consolante flamme?
Est-ce l'espoir qui sourira?
Est-ce l'aube d'une autre aurore?
Attendons, attendons encore :
La tourterelle reviendra.

REVENEZ.....

REVENEZ.....

A mon ami Eugène Joly.

O mes rêves si doux
Qui berciez mon enfance !
Vous que mon espérance,
Mon cœur et ma souffrance

Réclamaient à genoux
Dès le soir, dès l'aurore, —
Oh! revenez encore,
O mes rêves si doux!

Vous alliez près des eaux
Comme les tourterelles,
Aimantes et fidèles,
Tremper vos brunes ailes
Aux courants des ruisseaux.

Vous alliez quelquefois
Murmurer la prière
Qu'en sa douleur amère
Dit une pauvre mère,
Près d'une pauvre croix.

Vous alliez dans les prés
Cueillir la paquerette
Au printemps si coquette,
Ou l'humble violette,
Aux pétales pourprés.

Que belle était pour vous
De l'enfant qui repose
La lèvre fraîche et rose,
Où l'Ange-Gardien pose
Son baiser le plus doux !

Quand l'Angélus lointain
Tintait dans la vallée,
A la Vierge étoilée,
Pour l'enfant désolée,
Vous demandiez du pain.

Vous étiez du Seigneur
Les messagers fidèles;
Comme les hirondelles,
En reposant vos ailes,
Vous portiez le bonheur.

O mes rêves si doux,
Rêves de mon enfance!
Vous que mon espérance,
Mon cœur et ma souffrance

Réclamaient à genoux
Dès le soir, dès l'aurore, —
Oh! revenez encore,
O mes rêves si doux!

REGRETS.

REGRETS.

❦

A mon ami Alexis Schmit.

—

Lorsqu'aux premiers-jours de l'automne
Le vent effeuille les coteaux,
La branche attristée abandonne
Sa fleur aux frais courant des eaux.

La fleur tombe, et fuit balancée
Par la douce vague irisée
Que colore un rayon d'adieu.
Un petit ruisseau la soulève,
Puis l'Océan la prend, l'enlève,
Pour l'élancer jusques à Dieu.....

Ainsi que la fleur arrachée
Qu'entraîne le flot murmurant,
De l'humanité détachée,
Ainsi notre âme fuit, cherchant,
Réclamant la patrie immense
Où le chrétien qui meurt commence
L'éternité de son bonheur.....
Oh! qu'heureuse en quittant la terre
Est l'âme qui monte légère,
Belle et pure comme la fleur!....

Pure et belle, ainsi, jeune encore,
Ton âme, ami, monte vers Dieu;
Tu meurs, à peine à ton aurore;
Tu meurs! sans m'avoir dit adieu.....
Mais d'en haut ta voix me console :
Alexis, j'entends ta parole,

Douce comme un rayon de miel ;

Elle me dit : Espère ! espère !

Je fus ton ami sur la terre :

Je suis ton ami dans le ciel !

REGRETS.

REGRETS.

❦

A mon Enfant.

—

N'as-tu donc pas, Seigneur! assez d'anges aux cieux!
(VICTOR HUGO.)

Combien de fois le soir, rêveur et solitaire,
Mon front triste et pensif s'incline vers la terre!
Combien de fois aussi, me prenant à pleurer,
Faible, le cœur brisé, j'abandonne mon âme
A l'incessant chagrin dont la brûlante flamme
Se plaît à dévorer.

Demandez-vous pourquoi je trouve tant de charmes
A penser tristement, à répandre des larmes?
Voulez-vous le savoir?.... Brisez mon cœur brûlant,
Et vous trouverez là , sous ma poitrine ardente,
Un nom qui ne fut pas le doux nom d'une amante,
    Mais celui d'un enfant.....

C'est que je me souviens... qu'autrefois... pauvre femme !
Sa mère l'inondait des baisers de son âme,
Le pressait tout petit sur sa poitrine en feu ;
Et quand l'heure venait où près l'âtre on s'assemble,
Avec Marthe, sa sœur, nous les voyions ensemble
    Chaque soir prier Dieu.

C'est que j'ai dans mon cœur l'amère souvenance
Du jour où se brisait sa trop frêle existence.
Oh! j'étais près de lui! Mais combien je souffrais!....
Pour calmer mon chagrin, pour bannir mes alarmes,
On disait : Il est mieux.... il dort..... séchez vos larmes;
    Et moi..... je le croyais.....

Et plus tard, quand le soir, pendant notre prière,
Mes yeux le réclamaient dans les bras de sa mère,

Je la voyais pleurer, et je pleurais aussi.
Depuis, ce souvenir nourrit seul mes pensées :
J'ai toujours ce regret, et deux longues années
      Ne l'ont pas adouci.

Bien souvent, dans la nuit, quand ma voix le réclame,
Je vois auprès de moi descendre sa jeune âme ;
Je sens sa douce main, qui vient sécher mes pleurs ;
Je tressaille d'amour au bruit de sa parole ;
Et quand il me sourit, son sourire console
      Et suspend mes douleurs.

J'oublie alors les pleurs, les regrets, la souffrance,
Pour rêver de bonheur, d'amour et d'espérance :
Pour ma lèvre l'absinthe est un rayon de miel.
Je crois toujours le voir, mon pauvre ange fidèle,
Lui sourire, l'aimer, m'appuyer sur son aile,
      Et m'envoler au ciel.

PLUS DE VERS!

PLUS DE VERS!

A mon ami Gout Desmarires.

—

Pourquoi voulez−vous que ma lyre
Exhale un hymne harmonieux?
Quand autour de moi tout expire,
Quand nul parfum ne monte aux cieux,

Quand l'âme de tant jeunes hommes,
Au siècle énergique où nous sommes,
Riche de progrès, de savoir,
Ne sait pas trouver une place
Près des foyers fondant la glace,
Le travail, l'amour et l'espoir.

Mais il faut donc que ma pensée,
Bien fière, mais plus libre encor,
Vienne, palpitante, abaissée,
Se mettre aux pieds d'un homme d'or!
Que je change en chanson joyeuse
Ma plainte qui s'enfuit heureuse,
Triomphante, vers le saint lieu!
Il faut donc qu'au fond de mon âme
J'éteigne la céleste flamme?
Que je doute..... croyant en Dieu?

Mais il faudra donc que j'encense
Le parvenu stupide et vain
Qui va, jetant son insolence
Comme on jette un morceau de pain?
Que de la débauche éhontée,
D'une plume vile, effrontée,

J'étale à vos yeux la laideur?
Que je me vautre en cette boue!....
Mieux vaudrait cracher sur ma joue! —
Je suis, je reste homme de cœur.

Reste aussi, ma muse fidèle!
Auprès de moi, je t'aime tant!
Reste! n'expose pas ton aile
Au souffle orageux de l'autan.
Mieux vaut les teintes de l'aurore
Que le ciel que l'éclair dévore;
Et quand viendra l'heure d'adieu,
Ce terme de toute souffrance,
Oh! qu'ensemble avec espérance
Qu'ensemble nous allions vers Dieu!

FIN

TABLE.

FIN DE LA TABLE.

BIBLIOTHEQUE ROYALE

www.ingramcontent.com/pod-product-compliance
Lightning Source LLC
Chambersburg PA
CBHW051139260626
47170CB00005B/1894